GUÍA DE LECTURA

Escrita por Tram-Bach Graulich
Traducida por Laura Soler Pinson

Andrómaca

de Jean Racine

JEAN RACINE

DRAMATURGO FRANCÉS

- **Nacido en 1639 en La Ferté-Milon (Francia)**
- **Fallecido en 1699 en París (Francia)**
- **Algunas de sus obras:**
  - *Andrómaca* (1667), tragedia
  - *Británico* (1669), tragedia
  - *Berenice* (1670), tragedia

Jean Racine (1639-1699) es la figura principal de la tragedia clásica en el siglo XVII, como Molière (1622-1673) lo es de la comedia. Tras recibir una educación avanzada en la abadía de Port-Royal, se instala en París, donde a partir de 1663 entra en la corte de Luis XIV y lleva a cabo una brillante carrera como dramaturgo. Se le conoce principalmente por las once tragedias que escribe. En ellas, usa un lenguaje austero y poético, y se inspira en la mitología griega (*Andrómaca*), en la historia romana (*Británico*) y en la historia cristiana (*Atalía*), además de explorar las pasiones humanas.

ANDRÓMACA

DE LA MITOLOGÍA GRIEGA CON TOQUES RACINIANOS

- **Género:** obra de teatro (tragedia)
- **Edición de referencia:** Racine, Jean. 1939. *Andrómaca*. Traducido por Nydia Lamarque. Buenos Aires: Losada, S. A.
- **Primera edición:** 1667
- **Temáticas:** pasión, dilema, venganza, muerte, humillación

Andrómaca, representada por primera vez en 1667, es la tercera tragedia de Racine tras *La tebaida* (1664) y *Alejandro Magno* (1665). Es también su primer gran éxito. La obra nos presenta a cuatro protagonistas procedentes de la mitología griega: Orestes, Hermíone, Pirro y Andrómaca. Cada personaje, presa de las pasiones, de los dilemas o de las barreras internas, ama a otro sin ser correspondido. Esto desencadena una sucesión de humillaciones y de deseos de venganza que acabará causando la muerte de la mayoría de los individuos. A día de hoy, *Andrómaca* sigue siendo la obra más representada de Racine.

RESUMEN

La acción se desarrolla un año después del final de la guerra de Troya, en el palacio de Pirro, el hijo de Aquiles y rey de Epiro. Desde hace un año, retiene como prisioneros a la troyana Andrómaca, esposa de Héctor (el héroe troyano asesinado por Aquiles), y a su hijo, Astianacte.

ACTO I

Orestes, el hijo del rey griego Agamenón, llega a Epiro con un séquito. Es el encargado de convencer a Pirro para que se deshaga de Astianacte que, por su origen troyano, constituye una amenaza para Grecia. Pero Pirro se ha enamorado de Andrómaca, la madre de Astianacte, y se niega por ello a entregar su hijo a los griegos. Para terminar de complicar la situación, leemos que Pirro está prometido con una princesa griega, Hermíone.

Por muy delicado que sea el momento, a Orestes le conviene esta situación, ya que está enamorado de Hermíone. Cree que si Pirro se mantiene firme en su posición y se casa con Andrómaca, eso querrá decir que Hermíone estará disponible para él. Así, está resuelto a sabotear su propia embajada.

Y finalmente, la embajada fracasa. Pirro no quiere entregar Astianacte a los griegos y dice estar preparado para enfrentarse a Grecia entera para protegerlo a él y a su madre, Andrómaca, a quien ama (Racine 1939, vv. 229-236). Sin embargo, cuando le confiesa sus sentimientos a esta y le propone matrimonio, ella lo rechaza y le responde con sarcasmo. Andrómaca jamás albergará algo que no sea desprecio hacia él, el hijo de Aquiles: este último era el héroe que asesinó a su marido. Pirro, cansado de la actitud de la mujer, la llama ingrata y adquiere un tono amenazante. Si sigue negándose a desposarle, su hijo morirá («Vuestro hijo responde del desdén de la madre», Racine 1939, v. 370).

ACTO II

Hermíone está furiosa con Pirro, pero, por otra parte, la pasión que siente por él está más viva que nunca. No quiere admitirlo, pero en su fuero interno desea que él se canse de Andrómaca y vuelva a ella.

Cuando Orestes se acerca a Hermíone y le declara su amor con patéticos lamentos, ella sugiere que podría llegar a amarlo (Racine 1939, vv. 533-536). La mujer le ordena que se dirija a Pirro en estos términos: que escoja entre ella y Andrómaca. Si elige a esta última, Hermíone se marchará entonces de Epiro con Orestes.

Orestes considera que puede cantar victoria: cree que Pirro ama demasiado a Andrómaca, por lo que Hermíone será para él. Pero Pirro ha cambiado de opinión. Andrómaca lo trata con tanta frialdad, que acaba por entrar en razón: va a entregar Astianacte a la muerte y va a casarse con Hermíone. Orestes se encuentra desconcertado ante este giro radical. Por su parte, Pirro se regocija al pensar que pronto podrá contemplar la humillación de Andrómaca llorando la muerte de su hijo («¡Qué terrible espectáculo le prepara este día! / Morirá [...] por mi causa», Racine 1939, vv. 697-698).

ACTO III

Orestes está convencido de que Pirro se ha decidido a casarse con Hermíone con el único objetivo de humillarlo. Hermíone intenta calmarlo, y le asegura que se casan sobre todo por razones políticas. Orestes se retira. Entonces, Hermíone da rienda suelta a su alegría. Ella cree que Pirro la desposa porque la ama de verdad («Si se casa es que me ama», Racine 1939, v. 846).

Llega Andrómaca. Le ruega a Hermíone que interceda a favor de ella y de su hijo, pero la princesa griega le responde con ironía desdeñosa antes de marcharse. Andrómaca se postra entonces a los pies de Pirro y le pide piedad para su hijo. Él vuelve a repetirle el acuerdo: tiene que aceptar casarse con él para que Astianacte se salve.

Andrómaca está destrozada. Por una parte, es la viuda de Héctor y no puede casarse con Pirro, el hijo del asesino de su marido. Por otra parte, solo si desposa a Pirro podrá proteger a Astianacte.

ACTO IV

Al final, Andrómaca elige casarse con Pirro para salvar a Astianacte, pero tiene pensado suicidarse tras la boda. Hermíone se entera de este cambio en la situación e, invadida por un deseo de venganza, ordena a Orestes que apuñale a Pirro en el templo durante la boda.

Mientras Hermíone se regocija al pensar en el crimen venidero, llega Pirro. Este, fingiendo pena, se disculpa con ella por su boda con Andrómaca. Hermíone, encolerizada, lo abronca y lo amenaza («Lleva al pie del altar ese amor que me quitas; / anda, ve; pero teme la venganza de Hermíone», Racine 1939, vv. 1385-1386). Pirro, que no presta atención a las imprecaciones de la princesa griega, se retira, pensando únicamente en Andrómaca.

ACTO V

Hermíone alberga sentimientos encontrados. Se alegra por la muerte de Pirro, pero también teme ese momento. Orestes llega y le anuncia que, siguiendo sus deseos, Pirro ha sido apuñalado por sus soldados en el templo. Sin embargo, no se espera la reacción de Hermíone: en lugar de aplaudir el gesto, la joven lo desaprueba y lo tilda de monstruo («¡Calla, pérfido, calla, / y no imputes a otros ese vil parricidio! / Huye y haz admirar tu furor por los griegos: / Huye, no te conozco y me inspiras horror», Racine 1939, vv. 1534-1537).

Hermíone se retira y Orestes mide las consecuencias del desastre. Ha cometido un parricidio (aquí, sinónimo de regicidio), ha traicionado el derecho de hospitalidad al matar al hombre que lo acogía y se ha convertido en sacrílego al cometer su crimen en un templo, y todo ello por una ingrata.

Mientras tanto, Andrómaca se ha convertido en reina de Epiro y ya ha alzado a todo el país contra los griegos para vengar la muerte de sus dos maridos, Héctor y Pirro. Estalla la guerra y Orestes debe huir, pero se niega a abandonar a Hermíone. Se entera, entonces, de que esta se ha suicidado sobre el cuerpo aún caliente de Pirro. Tras este último golpe, Orestes, desamparado, le da las gracias irónicamente al cielo

(«Justos cielos, me admira vuestra inmensa constancia. / Dedicados sin tregua a querer castigarme», Racine 1939, vv. 1614-1615) y, presa de las alucinaciones, se sume en la locura.

ESTUDIO DE LOS PERSONAJES

Entre los cuatro protagonistas principales se teje una cadena amorosa en la que el amor no es recíproco. Por lo tanto, la cadena es trágica, puesto que todos aman a alguien sin recibir amor a cambio.

Orestes ⟶ Hermíone ⟶ Pirro ⟶ Andrómaca

ANDRÓMACA

Andrómaca es la viuda de Héctor, la madre de Astianacte y también la prisionera de Pirro. Se ve confrontada a un dilema:

- su fidelidad hacia Héctor le prohíbe desposar a Pirro;
- aun así, debe casarse con él si quiere salvar a Astianacte, su hijo.

Los dilemas son, por su propia naturaleza, irresolubles. De hecho, en Racine vemos que conducen de manera casi inevitable hacia la muerte. En el acto IV, Andrómaca ha tomado la decisión de suicidarse (pero el transcurso de los acontecimientos en el acto V la salva por poco).

Es una cautiva, tema muy recurrente en Racine (véase Junia en *Británico*). Sin embargo, esta posición presenta una paradoja:

- como prisionera de Pirro, Andrómaca no tiene el más

mínimo poder político;

- sin embargo, aunque a nivel político es débil, ejerce un poder amoroso sobre Pirro, y desde esta perspectiva, ella se convierte en el amo y él en el esclavo.

PIRRO

Pirro es el hijo de Aquiles y el rey de Epiro.

El origen de la contradicción trágica que perturba a Pirro se encuentra en el hecho de que le gustaría conciliar lo inconciliable, es decir, amor y política («Tal vez sepa algún día conciliar los afanes / de servir mi grandeza y servir a mi amor», Racine 1939, vv. 243-244). No obstante, en las obras de Racine, la unión entre amor y política siempre causa estragos. Para Grecia, casarse con Andrómaca es una locura, puesto que esto permitiría que Troya volviera a nacer. Pirro es consciente de ello, pero no ve ningún inconveniente si así consigue a Andrómaca. Incluso parece seducido ante la idea de contribuir al renacimiento de Troya (Racine 1939, vv. 229-230 y v. 315). En una palabra, está cegado por su amor, y esto termina por llevarlo a la muerte en el acto V.

Andrómaca es la prisionera, mientras que Pirro es su carcelero, pero esto da lugar a otra paradoja:

- Pirro tiene plenos poderes sobre su prisionera;
- su poder está vacío de contenido, puesto que ama a Andrómaca y ella es quien realmente reina sobre él (Racine 1939, v. 353).

Esta paradoja nos muestra la fusión contradictoria entre

amor y política. Se dice que, en las obras de Racine, la política está erotizada. El ejercicio del poder debe ir acompañado forzosamente de la influencia amorosa, y esto casi siempre lleva al desastre (la muerte).

HERMÍONE

Hermíone es la hija de Helena y está comprometida con Pirro. Es un personaje incoherente. A veces dice que ama a Pirro y a veces lo odia profundamente; a veces sugiere a Orestes que está enamorada de él y a veces lo insulta. En el último acto, condena el asesinato que ella misma ha ordenado.

La causa de esta incoherencia reside en el hecho de que Hermíone está cegada por la pasión, al igual que Orestes y Pirro. Toda pasión es, por definición, irracional y, por lo tanto, es una fuente de confusión y, finalmente, de muerte. Con respecto a esto, el suicidio de Hermíone no es una decisión sopesada, sino un impulso instintivo.

La palabra que mejor la define es «ira». En la obra de Racine, la ira de un personaje es siempre la señal de un conflicto interno y, sobre todo, de una impotencia por no poder resolver ese conflicto. Hermíone no sabe si debe amar u odiar, y eso le enfurece. La ira es el síntoma definitivo de esa pasión irracional.

ORESTES

Orestes es el hijo de Agamenón.

El amor de Orestes por Hermíone se mezcla con una dimensión política muy potente. La razón de Estado le obliga a animar a Pirro a que se case con Hermíone por el bien de Grecia, pero su pasión amorosa lo lleva a sabotear el proyecto. Sacrifica la razón por la pasión. Al final de la obra, Orestes no muere, pero se sume en la locura, un destino que tampoco es demasiado deseable en Racine.

Tendemos a considerar a Orestes como una figura romántica. Es el último eslabón de la cadena amorosa, el excluido, el marginal. Su pasión por Hermíone es la de un desesperado. En el acto V, es él quien da la orden decisiva de matar a Pirro, lo que acarrea el suicidio de Hermíone y su propia demencia. Por lo tanto, es un personaje funesto (su nombre, Orestes, se asocia a menudo a «funesto»: Racine 1939, vv. 5-6, 389-390, etc.), está maldito y los dioses se ensañan con él («Justos cielos, me admira vuestra inmensa constancia [...] / Vuestra cólera me hizo nacer para escarmiento», Racine 1939, vv. 1615-1619).

Tal y como vemos, todos los personajes son capaces de mostrarse bondadosos y crueles entre ellos. Están lejos de ser perfectos, y esto es una de las características fundamentales de los héroes trágicos de Racine.

También están atormentados por las contradicciones internas que constituyen tantos obstáculos insuperables, como por ejemplo:

- la incapacidad de elegir entre dos opciones (dilema), como le sucede a Andrómaca;
- la voluntad de conciliar lo inconciliable, como el amor y la

política, como le ocurre a Pirro;
* la pasión que ciega a la razón.

Estas contradicciones aplastan a los personajes y, en la mayoría de las ocasiones, provocan su muerte. Este hecho origina en el espectador temor y piedad, lo que constituye la definición exacta del sentimiento trágico.

LOS CONFIDENTES

Pílades, Cleone, Cefisa y Fénix son respectivamente los confidentes de Orestes, Hermíone, Andrómaca y Pirro. No tienen personalidad propia, son casi intercambiables y no intervienen en la acción. Tienen como única función hacer las veces de confidente de sus amos.

Desde un punto de vista práctico, su presencia hace que los protagonistas no se expresen ya a través de largos monólogos, como ocurre en la obra de Corneille.

CLAVES DE LECTURA

LA ESTRUCTURA DRAMÁTICA DE ANDRÓMACA

Andrómaca es una tragedia clásica. Esta se desarrolla habitualmente en tres o cuatro etapas:

- la exposición, en la que se presenta la situación inicial. La exposición permite que el espectador conozca a los personajes y la relación que guardan entre sí. Lo ideal es que esta etapa sea breve. En *Andrómaca*, solo ocupa la primera escena del acto I. Orestes le desvela a su confidente en un largo relato (en una sola réplica) toda la complejidad de la situación inicial entre los cuatro personajes principales (Racine 1939, vv. 37-104);
- el nudo, que constituye la trama como tal. Hablamos de nudo cuando los protagonistas chocan contra obstáculos formados por contradicciones que, en apariencia, son insuperables, como ocurre en *Andrómaca*;
- el desenlace. Según los teóricos clásicos, en lo ideal, el desenlace conforma la única peripecia de una buena tragedia (la peripecia es un acontecimiento externo e inesperado que modifica la situación de los personajes). En *Andrómaca*, encontramos la única peripecia en el acto IV, cuando Andrómaca, tras reflexionar ante la tumba de Héctor, decide finalmente casarse con Pirro. Los acontecimientos de los actos I, II y III no son peripecias, sino fluctuaciones internas de las pasiones de los protagonistas;
- la catástrofe. Es la consecuencia del desenlace, sinónimo de muerte para muchos héroes. En *Andrómaca*, la boda

de Andrómaca y de Pirro origina la venganza de Hermíone y, por ende, la muerte de Pirro, lo que lleva a esta al suicidio, lo que, a su vez, genera la locura de Orestes. Algunos consideran que el desenlace y la catástrofe son la misma etapa.

UNA IRONÍA TRÁGICA

La ironía consiste en decir lo contrario de lo que uno piensa (por ejemplo: «hace buen tiempo» cuando está lloviendo). Pero la ironía de *Andrómaca* no provoca risa, sino que se encuentra más cerca del sarcasmo. En boca de los protagonistas, esta ironía constituye:

- un arma que sirve para humillar al otro. Así, en el acto III, cuando Andrómaca le ruega a Hermíone que la ayude, esta le responde, irónica, que se doblegará ante la voluntad de Pirro («Obligadle a pronunciarse. Me someto a lo que determine», Racine 1939, v. 886);
- una herramienta de manipulación. En el acto IV, Hermíone ve que Orestes duda en dar la orden de asesinar a Pirro y le dice: «He querido ofreceros un camino hacia mí / y brindaros la dicha; pero bien claro veo / que os quejáis sin querer merecer ningún premio. / Idos» (Racine 1939, vv. 1234-1237). Esto empuja a Orestes a obedecerla;
- una señal de debilidad. En el acto IV, escena 5, Pirro, que va a casarse con Andrómaca, pide perdón a Hermíone. Esta, desamparada, ya solo tiene la ironía para defenderse: «¿Por qué va a rebajarse un invicto guerrero / a la ley tan servil de cumplir lo jurado?» (Racine 1939, vv. 1313-1314). En el acto I, escena 4, Andrómaca habla de

la masacre de Troya y de la muerte de Héctor, y le dice a Pirro: «¿Ha olvidado quizá lo que hicisteis por Grecia?» (Racine 1939, v. 356).

UNA VISIÓN JANSENISTA DEL MUNDO

Andrómaca nos presenta una visión jansenista del mundo:

- los personajes están centrados en su amor propio. Solo piensan en ellos mismos y en sus intereses personales. Los motivos de la ironía, la astucia y la manipulación verbal reflejan este espíritu. En cuanto a los dioses, parecen estar ausentes o sordos, señal de que los hombres se han alejado de ellos;
- la libertad en *Andrómaca* es ficticia. Los personajes son esclavos de sus pasiones. Andrómaca es prisionera de Pirro; Orestes es el juguete del destino (Racine 1939, vv. 1614-1627); este último y Hermíone pertenecen a la familia maldita de los atridas.

Por lo tanto, la visión del mundo en *Andrómaca* es pesimista. Es un mundo sin esplendor, gobernado por el mal, donde los personajes, sometidos al destino, están cegados por sus pasiones («Cedo a ciegas al fin al destino más fuerte», Racine 1939, v. 98).

¿SABÍA QUE...? EL JANSENISMO

El jansenismo es una corriente religiosa que se expandió en el siglo XVII, sobre todo en Francia, con la que muchos autores, como Pascal o Racine, simpatizaban.

Los dos puntos principales del jansenismo son:

- el hombre está irremediablemente contaminado por el pecado original, un pecado de orgullo (querer ser igual a Dios) y, por lo tanto, siempre se está alejando más de Dios;
- no hay libre albedrío, el hombre no es libre y su suerte depende de la gracia divina.

DE LA VEROSIMILITUD AL CONFINAMIENTO

La tragedia clásica obedece a leyes formales muy estrictas, y la principal es la de la verosimilitud. Para llegar al público, la acción de la tragedia debe ser realista. Para ello, dicha acción tiene que ser única, tiene que desarrollarse en un solo lugar, y tiene que extenderse como mucho un día. Esta es la famosa regla de las tres unidades.

Como consecuencia, estas imposiciones generan siempre en las tragedias de Racine un universo cerrado, particularmente agobiante:

- desde un punto de vista espacial, *Andrómaca* se limita al palacio de Pirro, un lugar asfixiante, encerrado en sí mismo y en el que las pasiones de los protagonistas amenazan con estallar en cualquier momento. Podemos hablar de un ambiente cerrado;
- desde un punto de vista temporal, los personajes de *Andrómaca* están obsesionados con el pasado, del que son prisioneros. Andrómaca honra la memoria de Héctor. Orestes y Hermíone no dejan de recordar los

acontecimientos de la guerra de Troya y se refieren a hechos pasados. Pirro es la única excepción: es una figura emancipadora que está dispuesta a dejar a un lado el antiguo conflicto entre griegos y troyanos para crear una nueva Ilión en Epiro.

El tema del confinamiento, esencial en la obra de Racine, es la representación más clara de este universo sin salida:

- el confinamiento puede ser concreto: Andrómaca es la prisionera de Pirro;
- pero también puede ser abstracto. De manera más general, los protagonistas son prisioneros de sus pasiones («Vuestra alma hecha sierva de amor», Racine 1939, v. 18).

EL LENGUAJE RACINIANO : «EL EFECTO DE SORDINA»

A pesar de que los hechos que Racine narra en sus tragedias son de una violencia extrema (suicidio, venganza, etc.), el estilo es, por el contrario, pausado y extremadamente formal. En cierta manera, la violencia solo se expresa a través de una lengua contenida y dominada. Este proceso se ha definido como «efecto de sordina»:

- los protagonistas se expresan a menudo empleando la tercera persona, y esto contribuye a despersonalizar los discursos, a imprimirles frialdad y distancia (Orestes: «Es la sangre de Orestes lo que os piden quizá», Racine 1939, v. 509; Hermíone: «Va a morir porque Hermíone le profesa su amor», Racine 1939, v. 1422);

- también es frecuente el uso del pronombre indefinido y del plural mayestático, el empleo de la ironía y la utilización del políptote (presencia de dos palabras con el mismo origen) que concentra la reflexión en una expresión condensada («Os llaméis criminal entregándoos al crimen», Racine 1939, v. 1312);
- por último, el famoso verso de Hermíone «Por amarle en exceso es forzoso que le odie» (Racine 1939, v. 416) es un claro ejemplo del efecto de sordina. Hay un eufemismo (atenuación de una idea demasiado brutal). Hermíone quiere gritar a los cuatro vientos su odio hacia Pirro, pero cuando habla, su lenguaje es controlado.

Este estilo refinado, casi rebuscado, pero que encierra un mundo violento, es típico de *Andrómaca* y de todas las tragedias de Racine.

PISTAS PARA LA REFLEXIÓN

ALGUNAS PREGUNTAS PARA PROFUNDIZAR EN SU REFLEXIÓN...

- ¿Qué convierte a esta obra en una tragedia?
- El dilema es la base de *Andrómaca*. Explique esta afirmación.
- Compare esta obra con *Berenice*, del mismo autor. ¿Cuáles son las similitudes y cuáles las diferencias?
- ¿Qué lugar ocupa la pasión en Racine? Justifique su respuesta.
- ¿Puede decirse que todos los personajes de esta obra son héroes trágicos?
- ¿Qué visión del mundo nos ofrece *Andrómaca*? ¿Positiva o negativa? Justifique su respuesta.
- ¿Qué es el «efecto de sordina», característico de Racine?
- Si tuviese que realizar una adaptación cinematográfica de la obra, ¿respetaría la regla de las tres unidades? Justifique su respuesta.
- ¿Se tratan en esta obra temas que siguen de actualidad en nuestros días?

PARA IR MÁS ALLÁ

EDICIÓN DE REFERENCIA

- Racine, Jean. 1939. *Andrómaca*. Traducido por Nydia Lamarque. Buenos Aires: Losada, S. A.

ESTUDIOS DE REFERENCIA

- Battesti, Jean-Pierre y Jean-Charles Chauvet. 1999. *Tout Racine*. París: Larousse.
- Heyndels, Ingrid. 1985. *Le conflit racinien*. Bruselas: Éditions de l'Université de Bruxelles.

EN RESUMENEXPRESS.COM

- Guía de lectura de *Berenice* de Jean Racine.
- Guía de lectura de *Fedra* de Jean Racine.

ResumenExpress.com

www.resumenexpress.com

ISBN ebook: 9782806274434

ISBN papel: 9782806284631

Depósito legal: D/2016/12603/401

Cubierta: © Primento

Libro realizado por Primento, el socio digital de los editores